SOPA DE LIBROS

© Del texto: Alejandro Sandoval Ávila, 2008
© De las ilustraciones: Cristina Müller, 2008
© De esta edición: Grupo Anaya, S. A., 2008
Juan Ignacio Luca de Tena, 15. 28027 Madrid
www.anayainfantilyjuvenil.com
e-mail: anayainfantilyjuvenil@anaya.es

Primera edición, junio 2008

Diseño: Manuel Estrada

ISBN: 978-84-667-7695-0
Depósito legal: M. 27349/2008

Impreso en ANZOS, S. A.
La Zarzuela, 6
Polígono Industrial Cordel de la Carrera
Fuenlabrada (Madrid)
Impreso en España - Printed in Spain

Las normas ortográficas seguidas en este libro son las establecidas por la
Real Academia Española en su última edición de la *Ortografía*, del año 1999.

*Reservados todos los derechos. El contenido de esta obra está protegido
por la Ley, que establece penas de prisión y/o multas, además
de las correspondientes indemnizaciones por daños y perjuicios, para
quienes reprodujeren, plagiaren, distribuyeren o comunicaren públicamente,
en todo o en parte, una obra literaria, artística o científica, o su transformación,
interpretación o ejecución artística fijada en cualquier tipo de soporte
o comunicada a través de cualquier medio, sin la preceptiva autorización.*

Sandoval Ávila, Alejandro
La noche es un tren / Alejandro Sandoval Ávila; ilustraciones
de Cristina Müller .— Madrid : Anaya, 2008
120 p. : il. col. ; 20 cm. — (Sopa de Libros ; 128)
ISBN 978-84-667-7695-0
1. Poesías infantiles. I. Müller, Cristina, il.
087.5:821.134-1

La noche es un tren

SOPA DE LIBROS

Alejandro Sandoval Ávila

La noche es un tren

(POEMÍNIMOS PARA NIÑAS, PARA NIÑOS Y PARA LAS OTRAS PERSONAS TAMBIÉN)

Ilustraciones de
Cristina Müller

ANAYA

Este libro es para Marianne,
porque me enseñó a escribir para niños.

También, con profundo agradecimiento,
para Laura González Durán y los niños que,
durante el verano de 1992, participaron en
el taller de lecto-escritura.
Para Alejandra, Ana Sofía y Julia,
con quienes he disfrutado
la relectura de unos y la escritura de
otros poemínimos.

Desde la locomotora

LA NOCHE ES UN TREN

Está echando vapor.
Pasa por un hermoso bosque
y unos ciervos lo están mirando.

El tren ahora es azul
porque ya casi es la madrugada.

Vamos a llegar a las ocho de la mañana
               para ver
cuando yo abra los ojos.

En el primer vagón

1

CUANDO DUERMO
   duermo
con la luz prendida
porque oigo más.

LOS CARRIZOS son
las flautas antes
de hacer
   música.

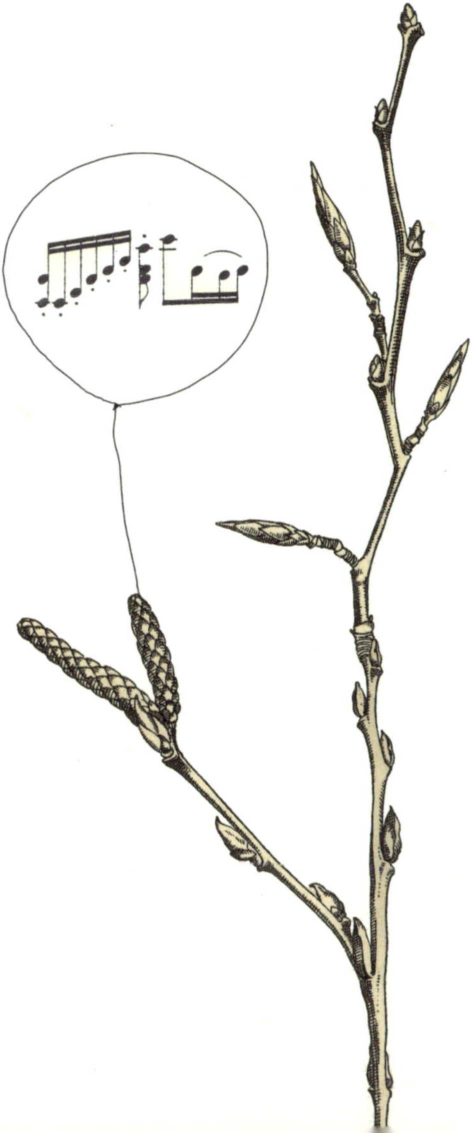

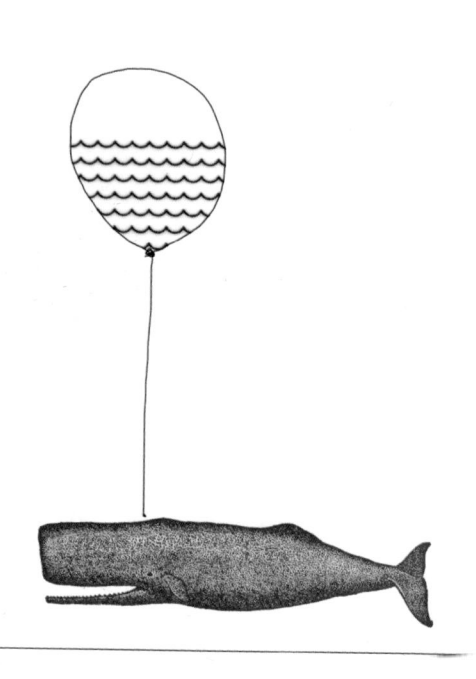

EL MAR es
lo que está en la playa:
tiene olas y mucha sal.

También hay ballenas, tiburones
y a veces sirenas.

A LA DERIVA es
cuando se sigue avanzando
   sin saber
      a donde
         se iba.

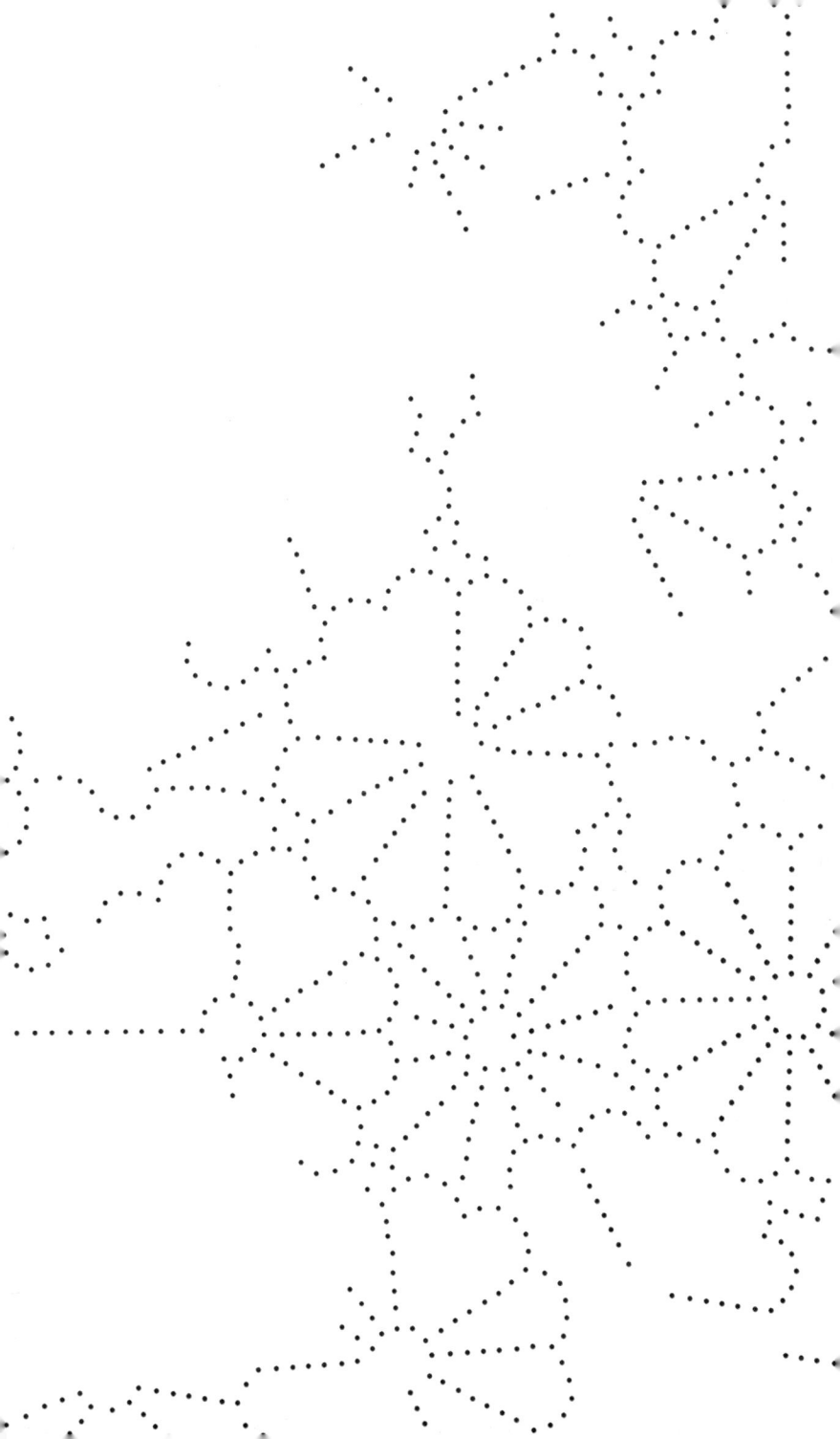

En el segundo vagón

2

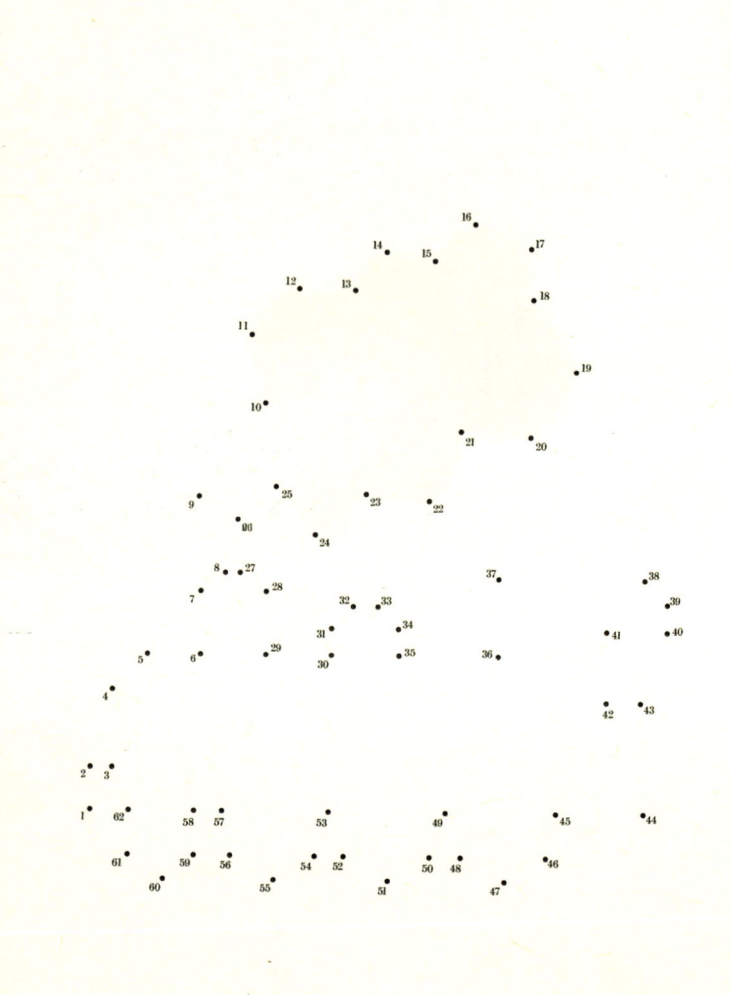

A VECES no me acuerdo
de lo que sueño
porque cuando me despierto

mi sueño se despinta.

LA SANDÍA
me sabe a
rojo.

EL EQUIPAJE es
que ya te vas
 de viaje.

EL ALGODÓN es
algo muy suavecito
y si te cortas
le echas alcohol
      y te lo pones.

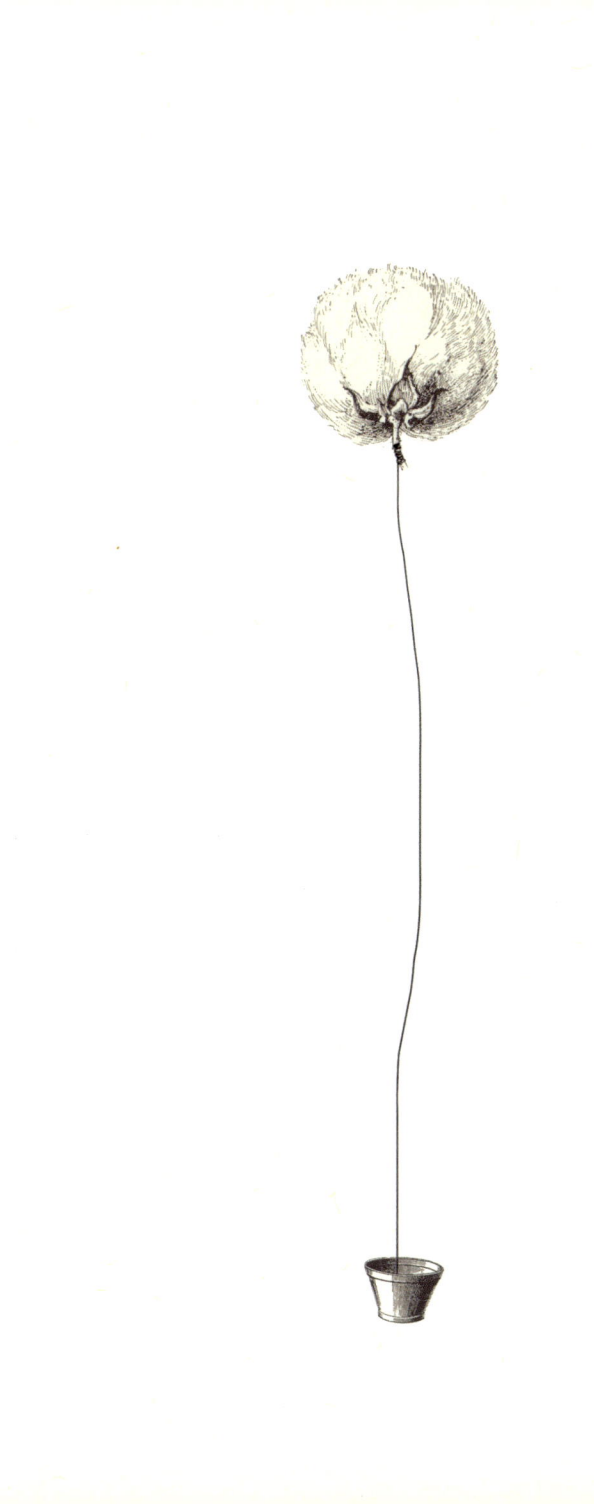

EL CEDAZO es
por donde pasan
las cosas
    más chiquititas
que los pedazos.

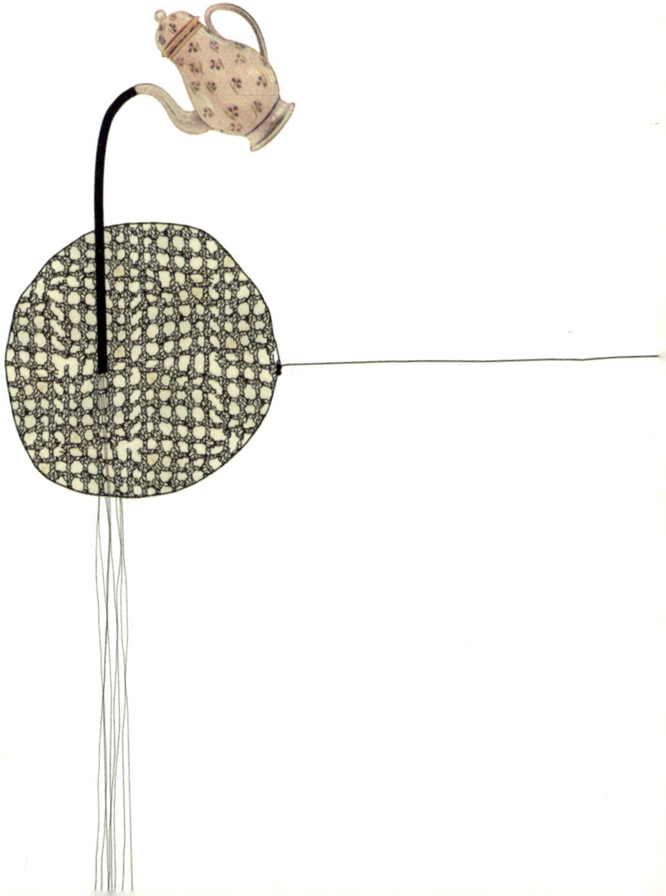

3

En el tercer vagón

COMO TODO EL DÍA
anduve vestido de ropa grande
tuve que agacharme
para entrar en el sueño.

EQUILIBRIO
son los pasitos que dan
　　　　　los trapecistas
en el circo.

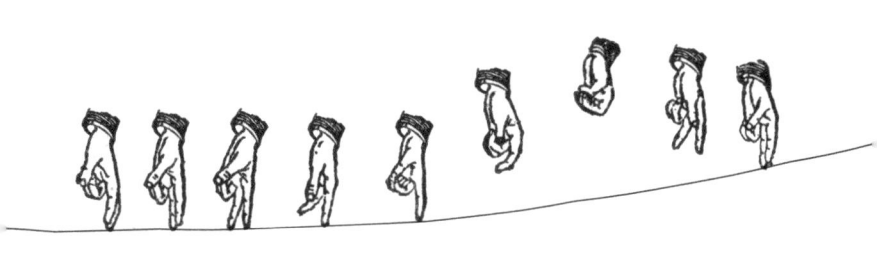

FÁCIL es
lo que se hace
        sin chiste.

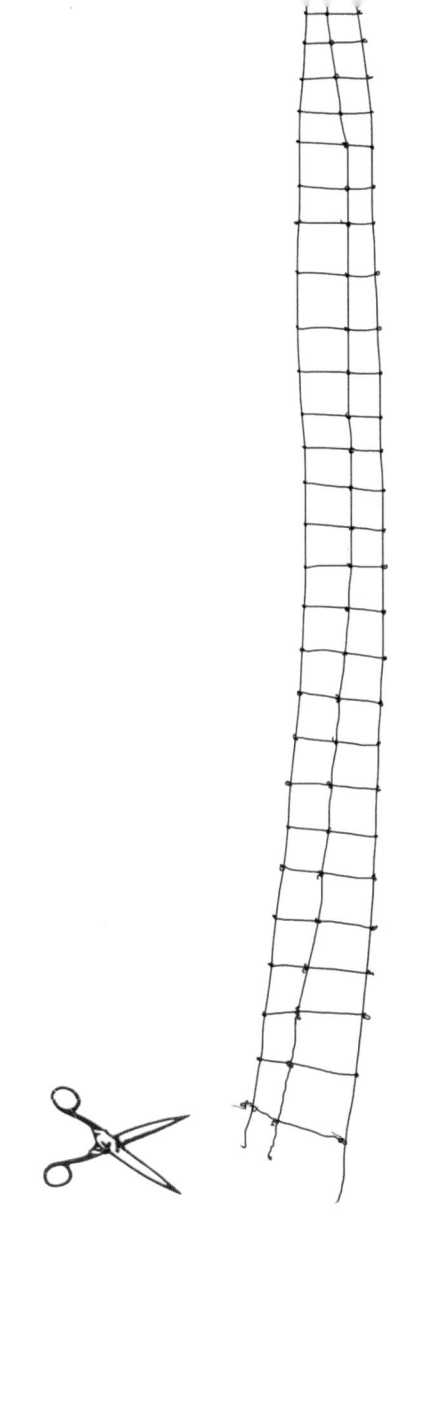

HAZAÑA es
lo que uno hace bien y
hay que enseñárselo
 a los demás.

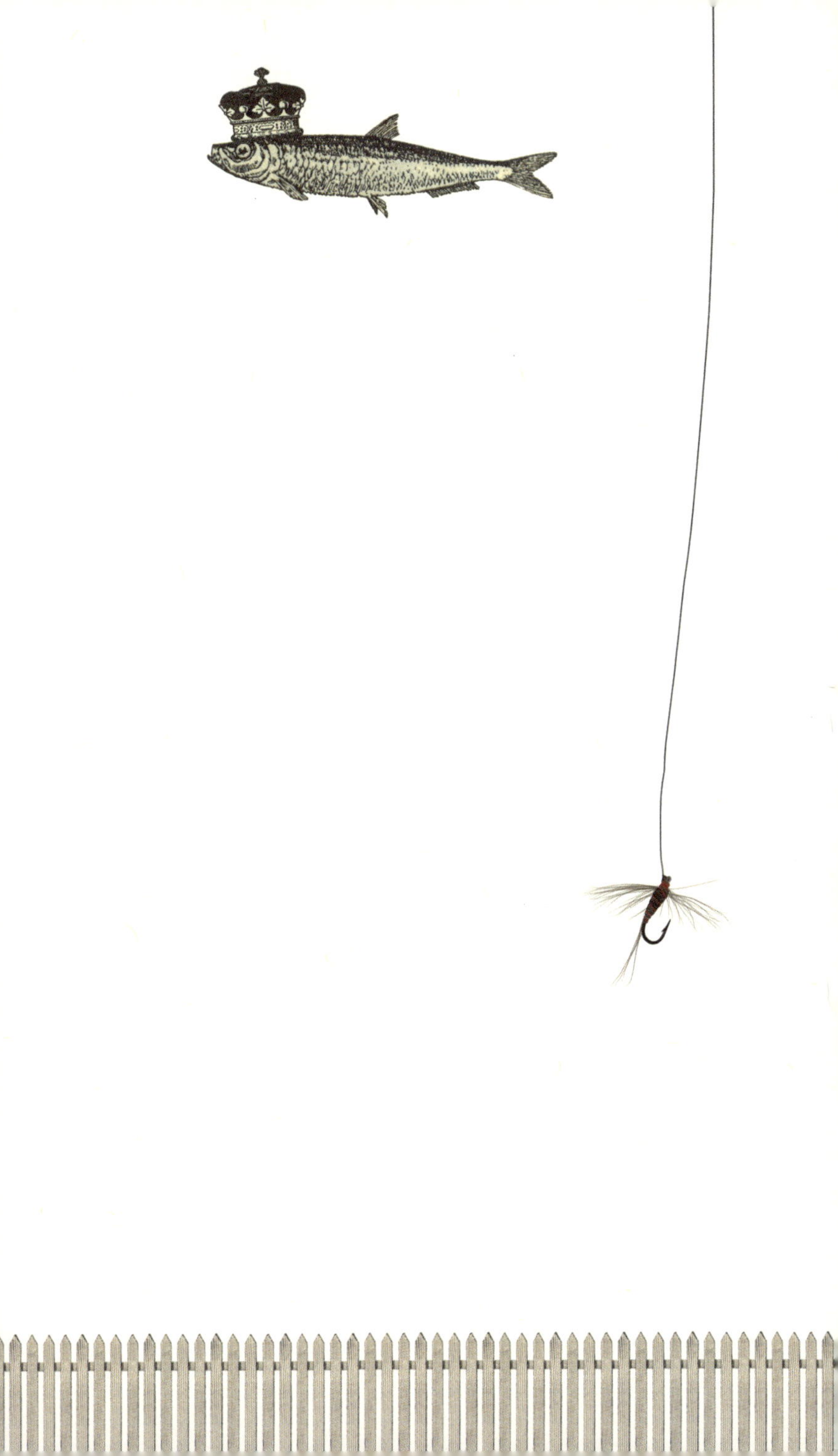

IDÉNTICO es
cuando los dientes
         y otras cosas
son iguales.

ENIGMA
es una pregunta
                    difícil
de responder.

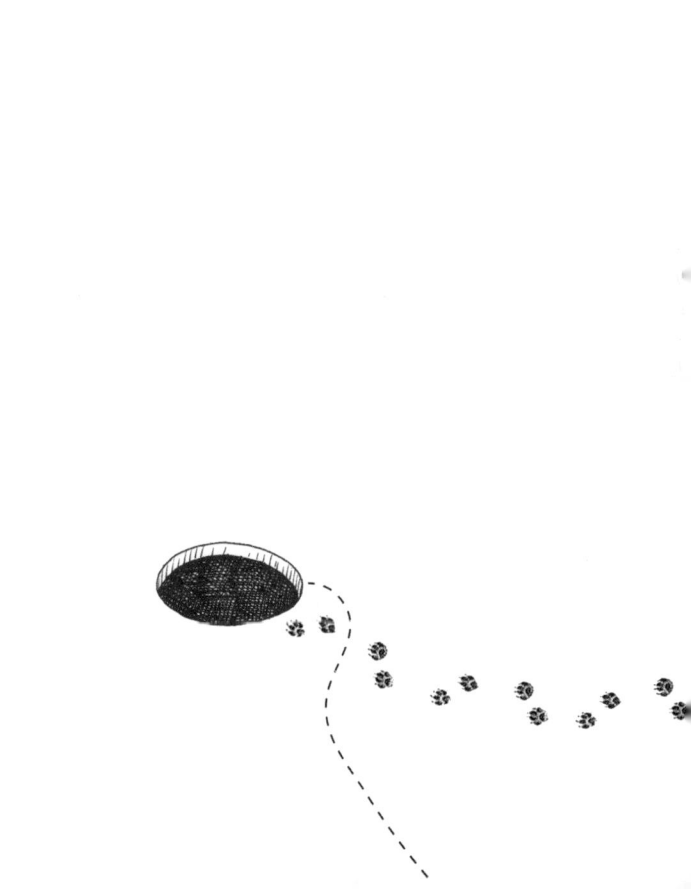

FRAGMENTO

es
   lo
      que
          falta
             para
                 estar
completo.

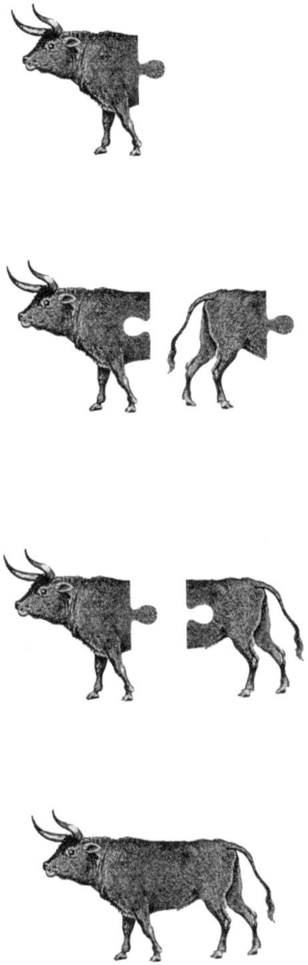

SI REFLEXIONAS
es que buscas una respuesta distinta.

En el cuarto vagón

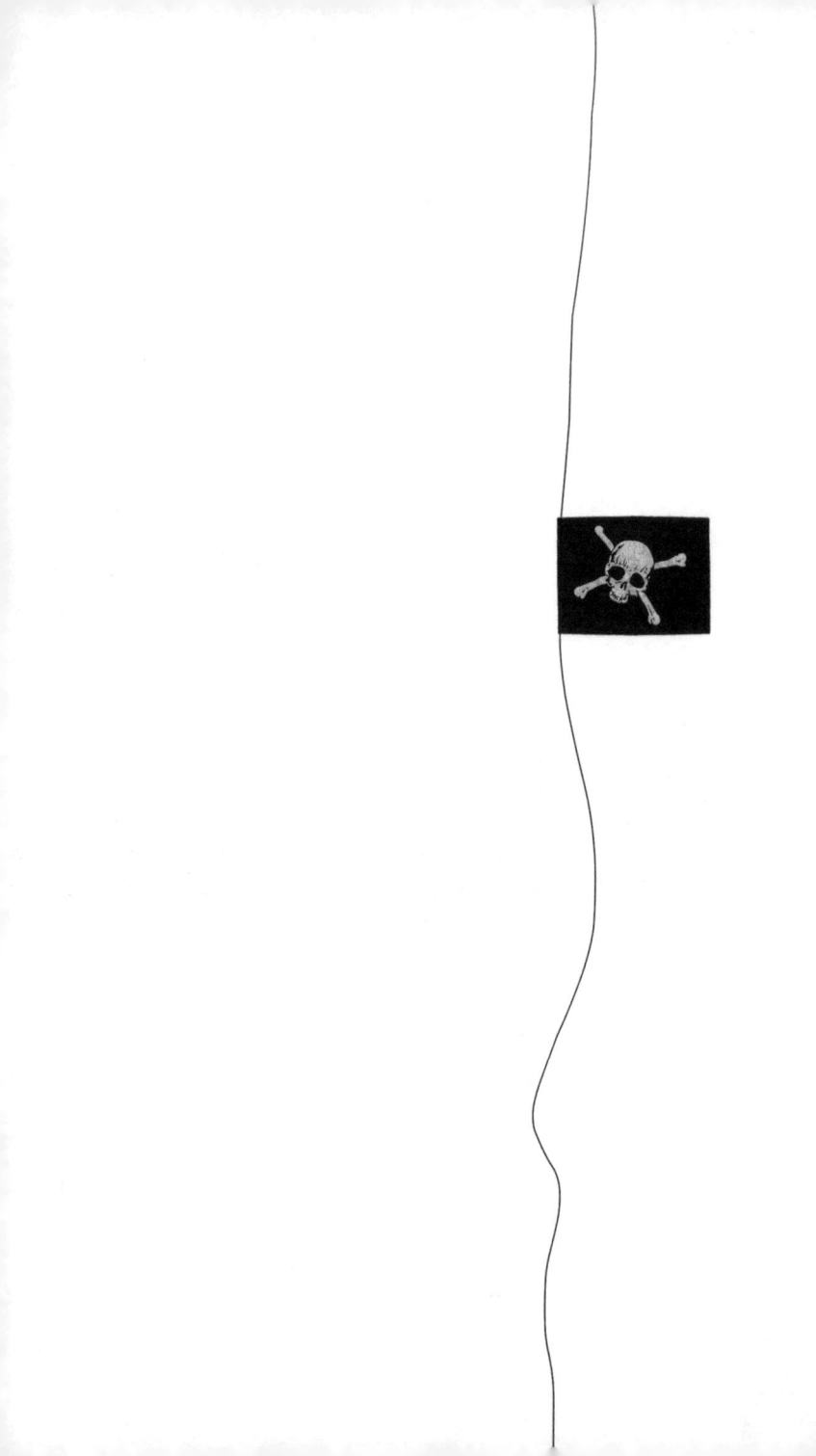

DE TODO LO QUE SUEÑO
escojo la calavera
porque no se puede morir.

Ya es una muerte.

UN CADÁVER es lo que se puede ver de un muerto.

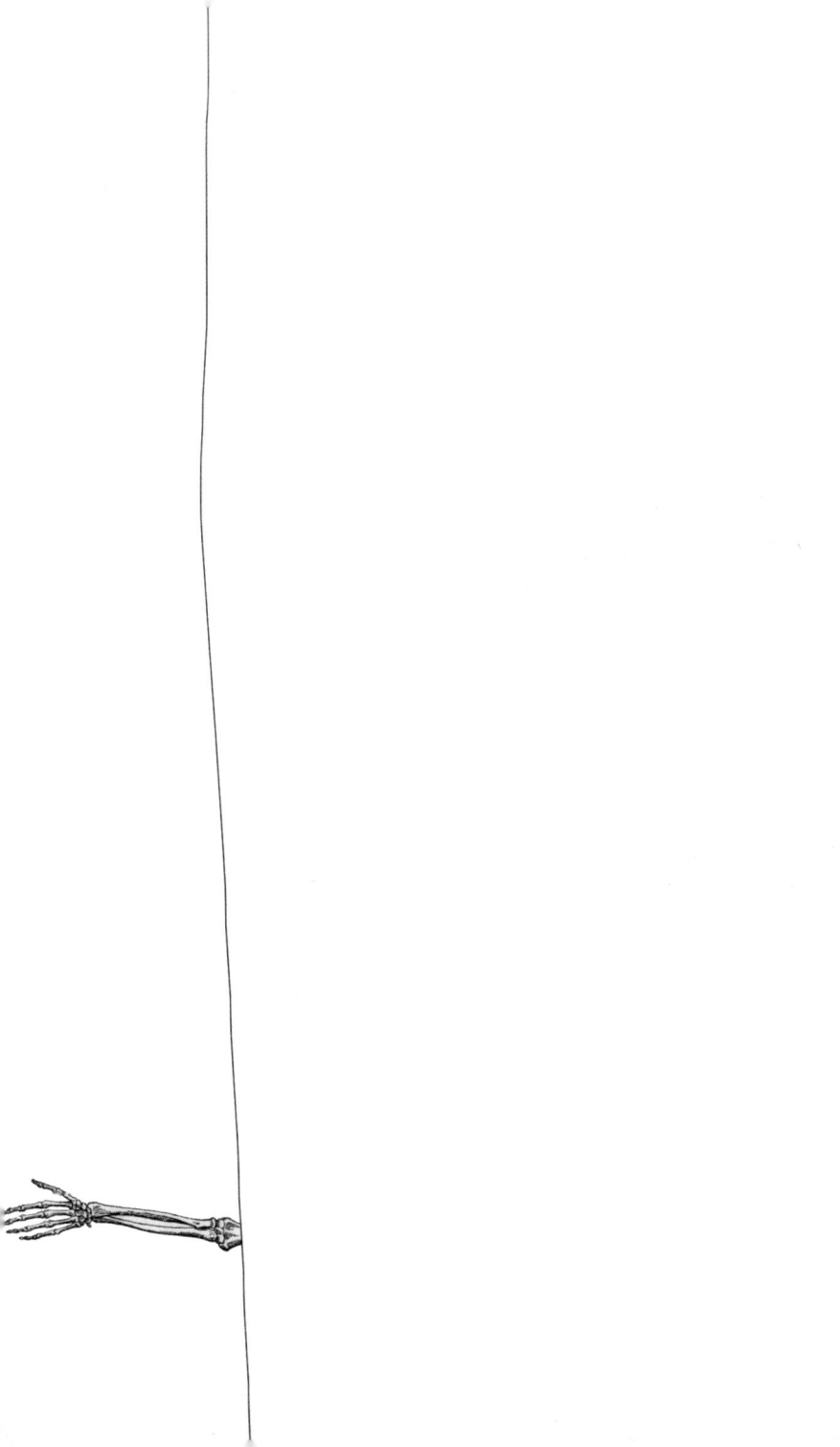

EL QUE YA ESCRIBE
 es alguien
con letras de vida
que forma palabras.

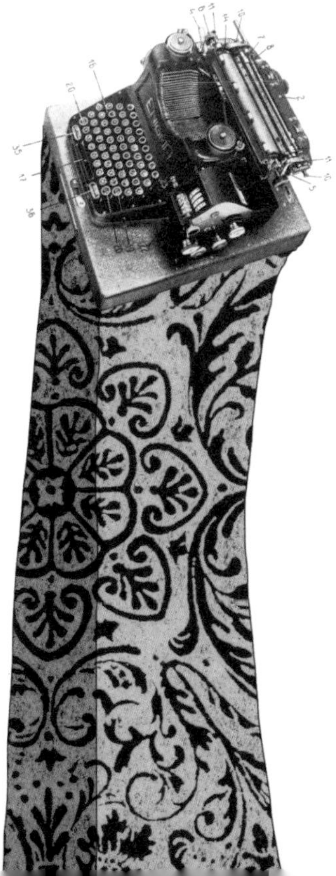

TUVE UN SUEÑO muy cortito.
Menos de diez palabras y ya.
No veinte
    no cincuenta
        no cien palabras:
un gigante me estaba persiguiendo con un hacha.

El mío es un sueño terrible.

LA BOA es
la serpiente que tiene
la boca
   más grande.

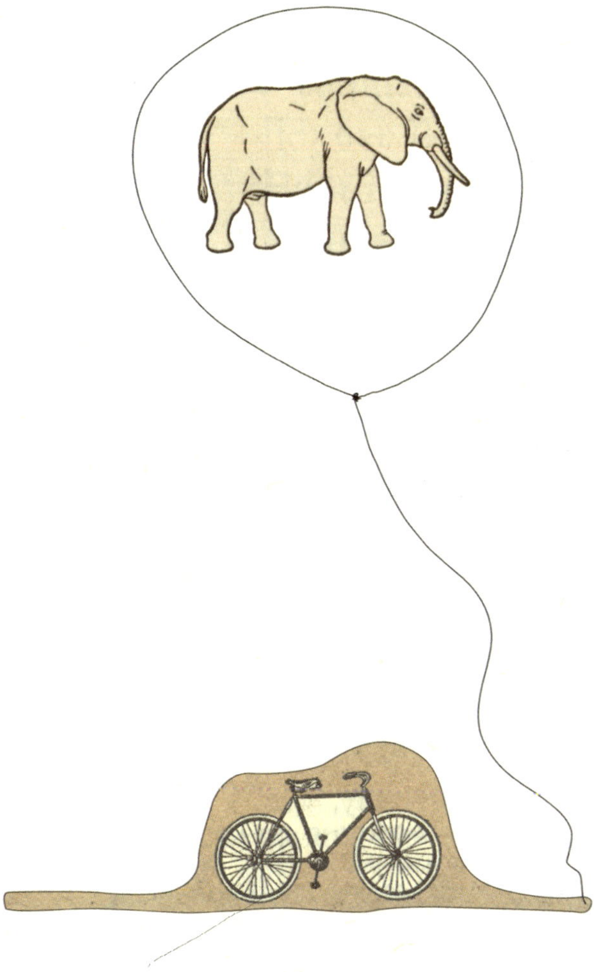

EL INSECTO era tan feo que hasta el sol tenía frío cuando lo miraba.

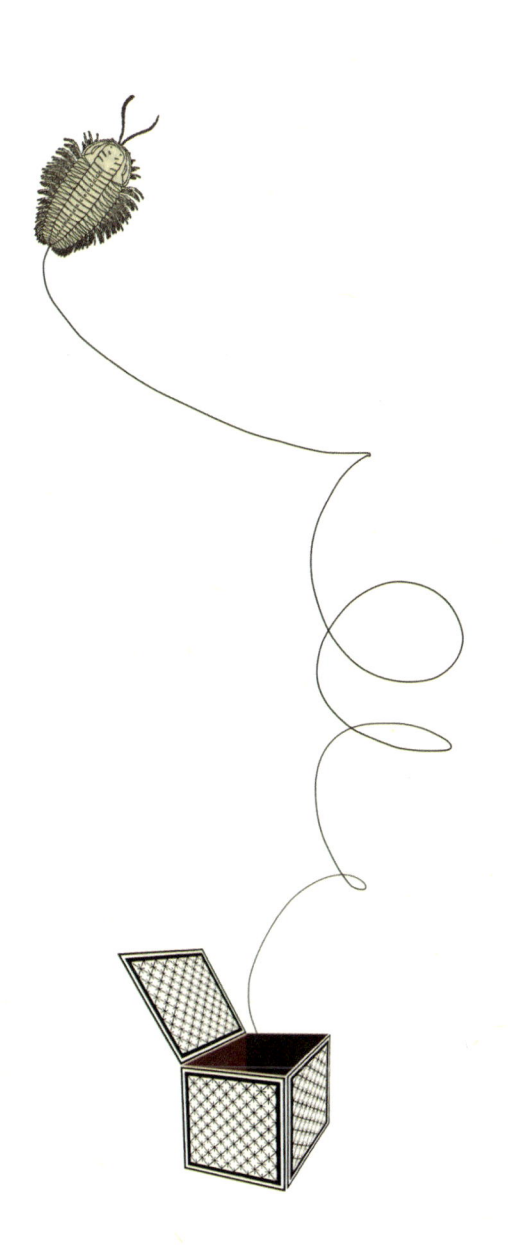

UN PULPO
son los ocho brazos
           morados
       que atrapan
(y echan tinta cuando corren).

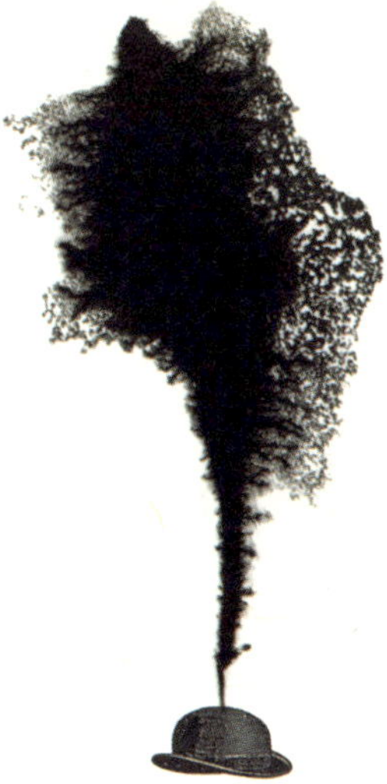

ERRANTE es
un caballo que ya perdió
sus herraduras
        y su dueño.

LA ALBAHACA es
lo que se le da de comer
　　　　　　a las vacas.

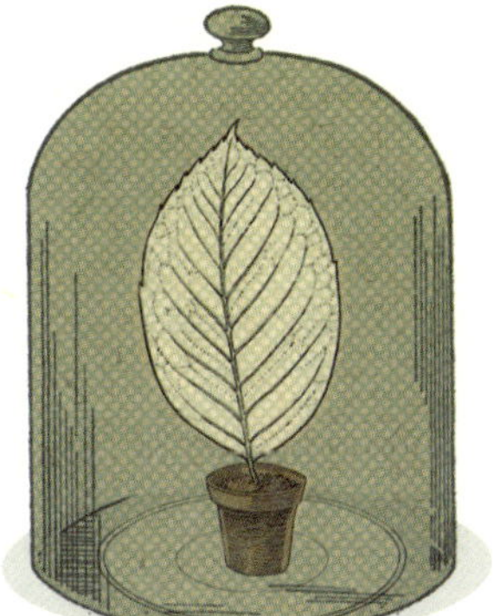

En el quinto vagón

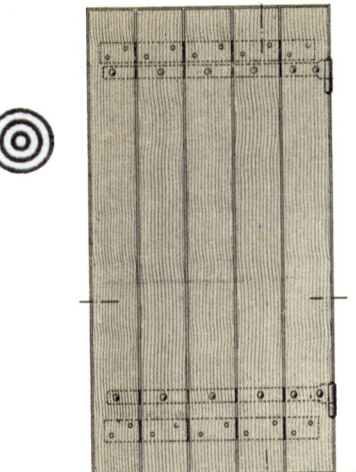

CUANDO ME ACUESTO
voy a jugar
a soñar.

LA MAGIA es todo lo que encanta.

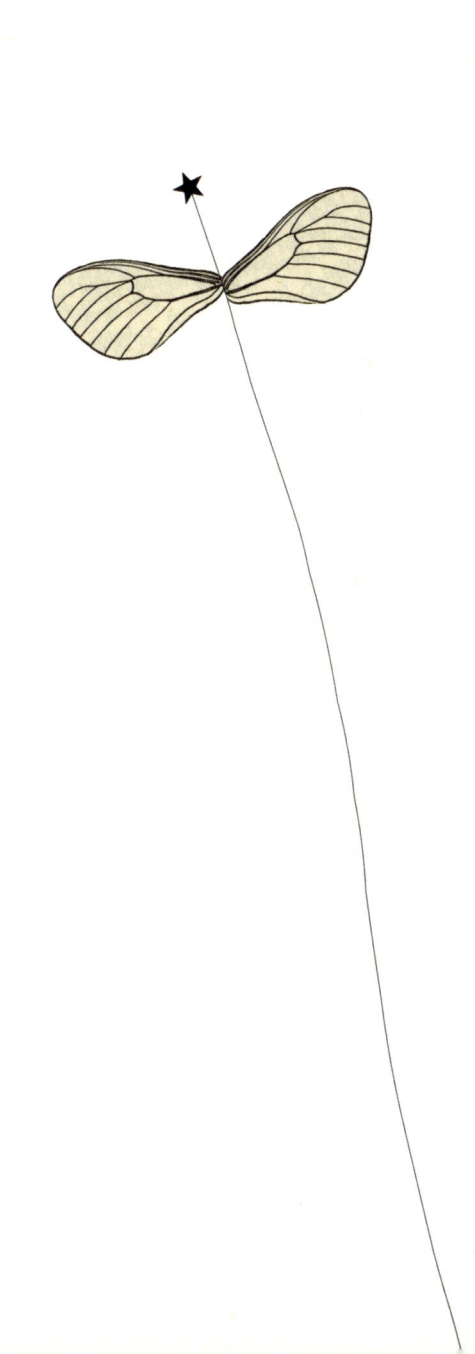

CON LAS GAFAS
todo se ve diferente
o tal vez mejor
                      que antes.

E

RA

SE🦆

UNAV

EZUNP

ATITOM

UYPEQUEÑO

QUEVIVÍAENUN

SINIESTROPALACIO

LA PUERTA
es esa cosa
que no te deja ver
nada.

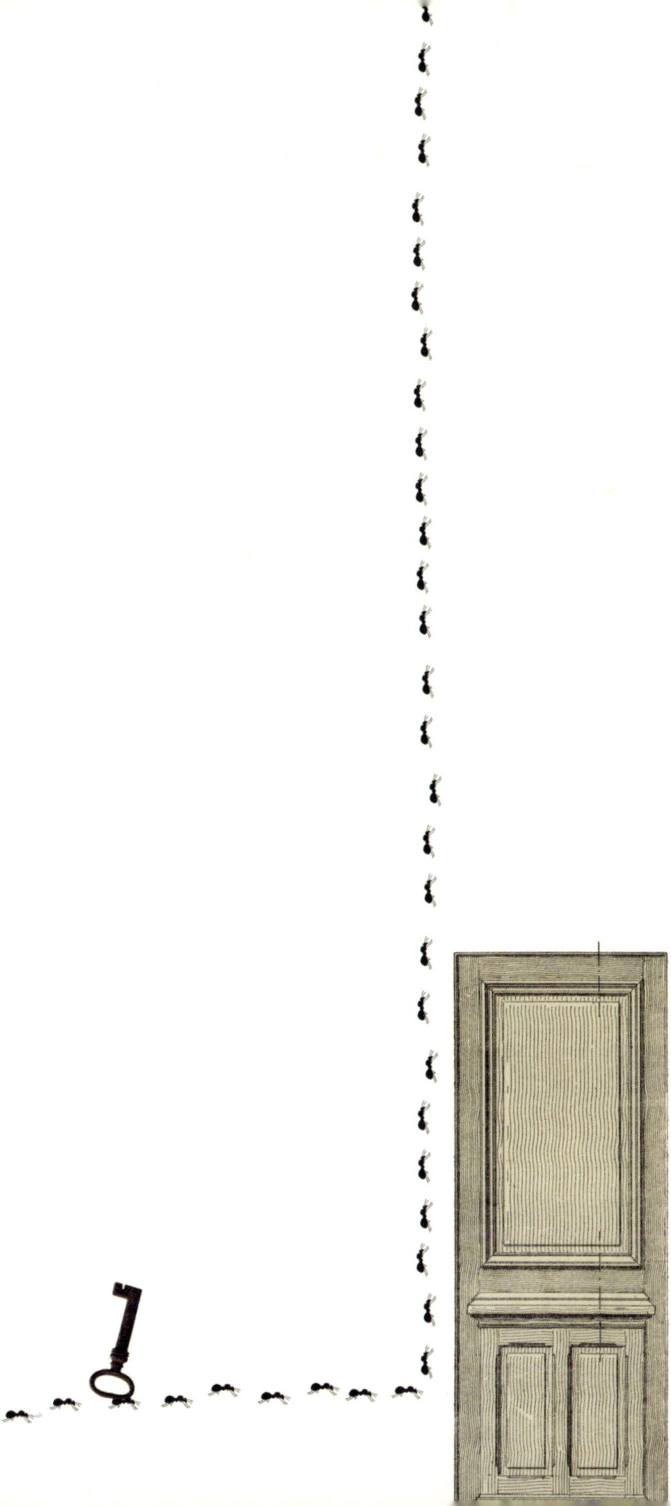

LA VENTANA
es lo que te sirve
para que veas
todo.

EL ORDENADOR
hace que todo lo moderno
sirva mucho mejor.

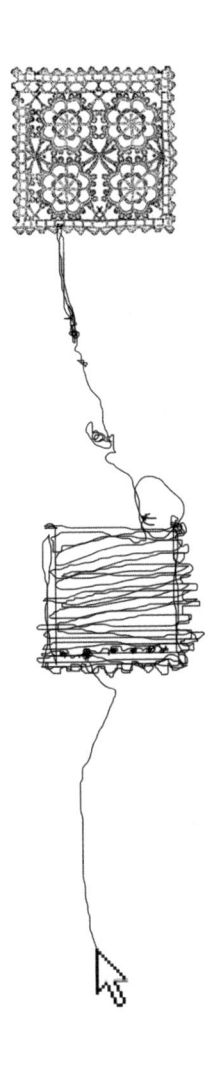

EL CUADERNO
es en lo que escribes
para no parecer
   tan moderno.

EL LÁPIZ
es lo que se usa
para no tener
 un ápice
de tonto.

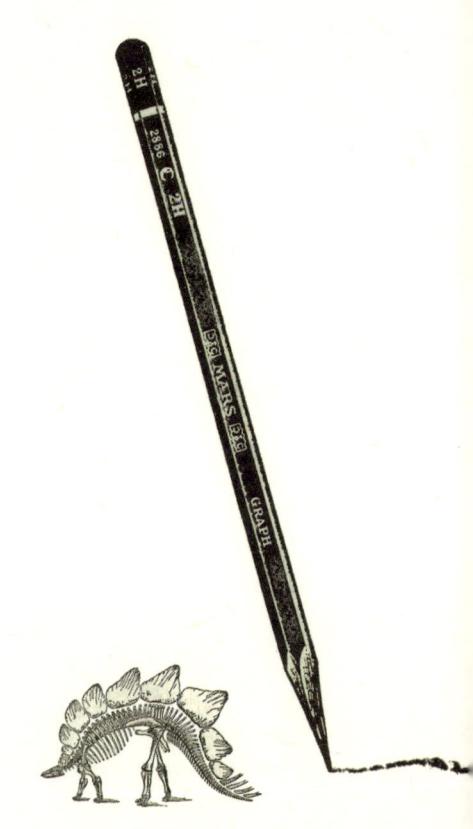

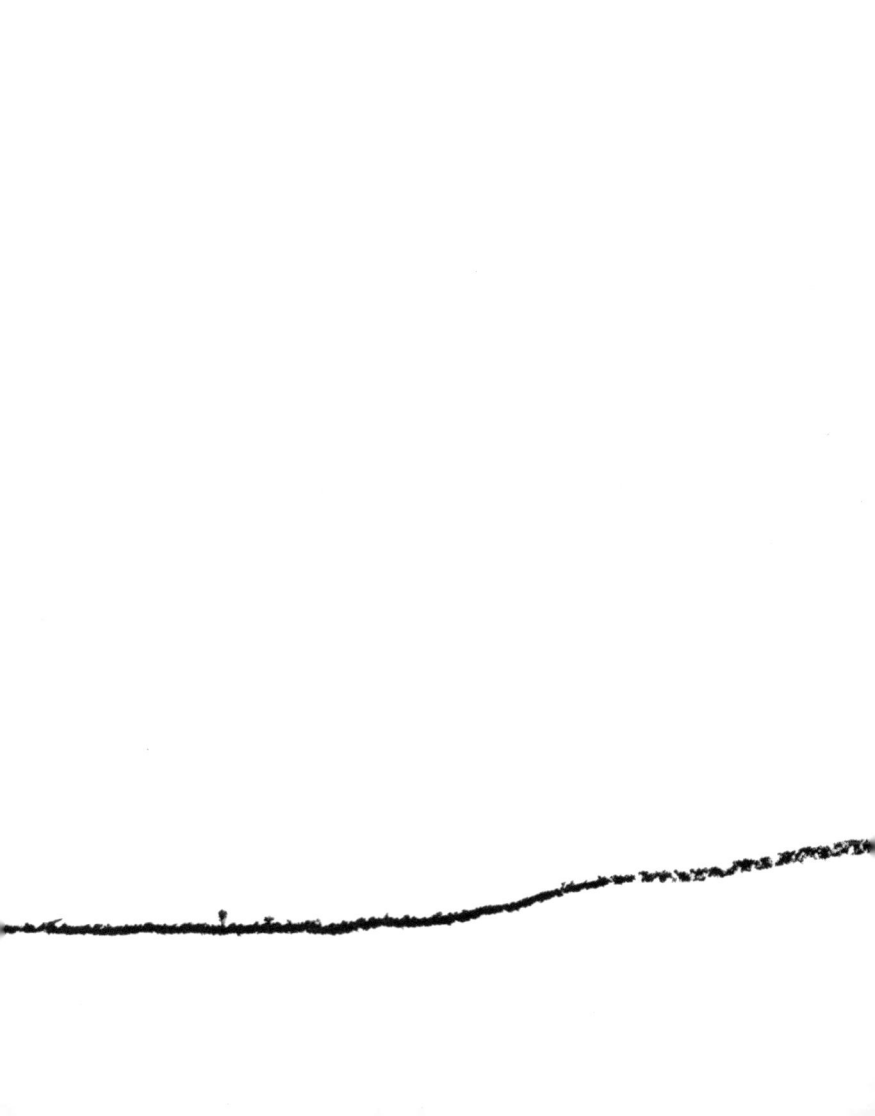

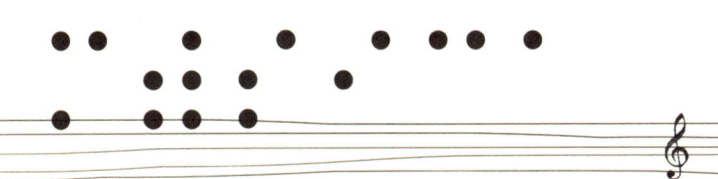

En el sexto vagón

} abcdefghijklmnopqrstuvwxyz {

EL ALFABETO
es el sitio
en donde pones
　　las letras.

EL AGUA
es esa naturaleza
con la que te lavas
 las manos.

**UN
SEÑOR**
tan
alto
es
alguien
que
no
llegó
a
ser
jirafa.

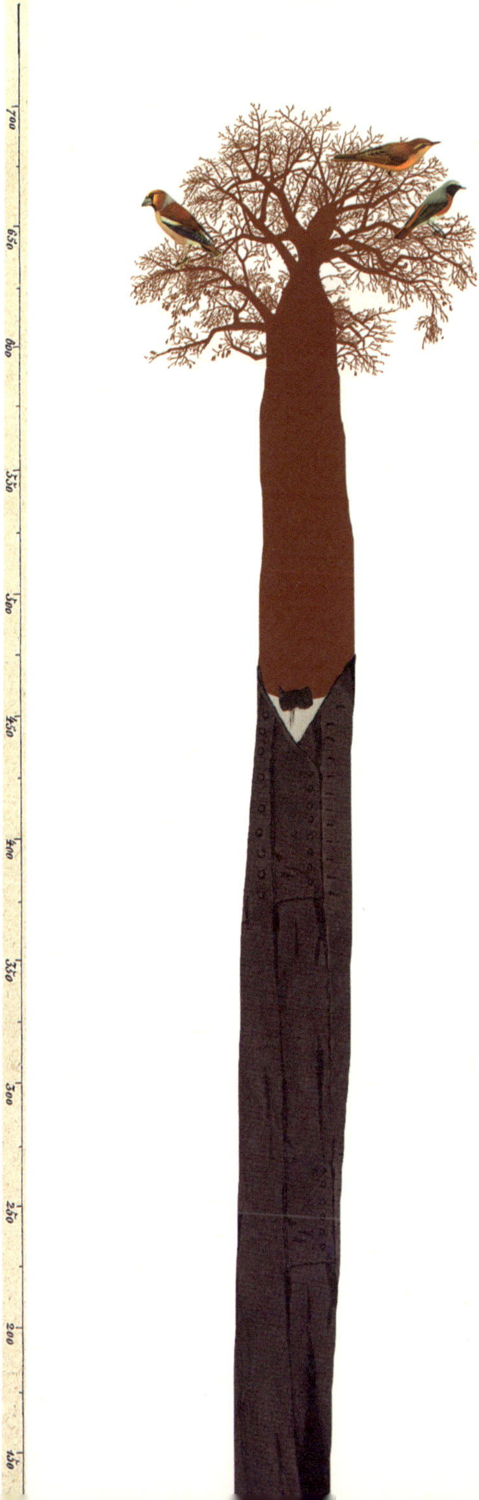
700
650
600
550
500
450
400
350
300
250
200
150

SI ESTÁS DESCONCERTADO
es porque
ya no sabes
qué pensar
de nada
      o de todo.

ALGUNAS PERSONAS
son como las botellas:
se puede ver
         todo
lo que llevan dentro.

LA TRISTEZA
es como la música de alguien
en una mansión sola.

Louis *Braille* (1809–1852)

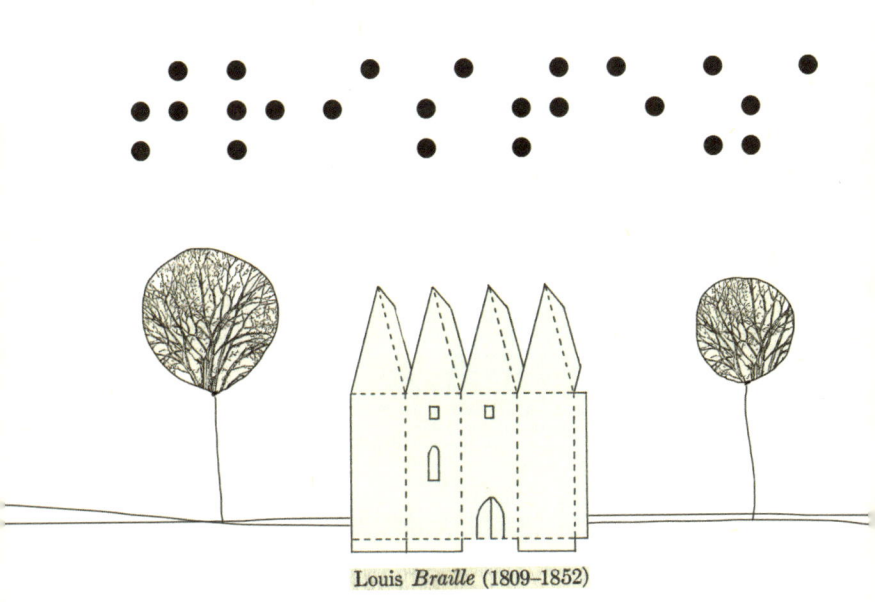

7

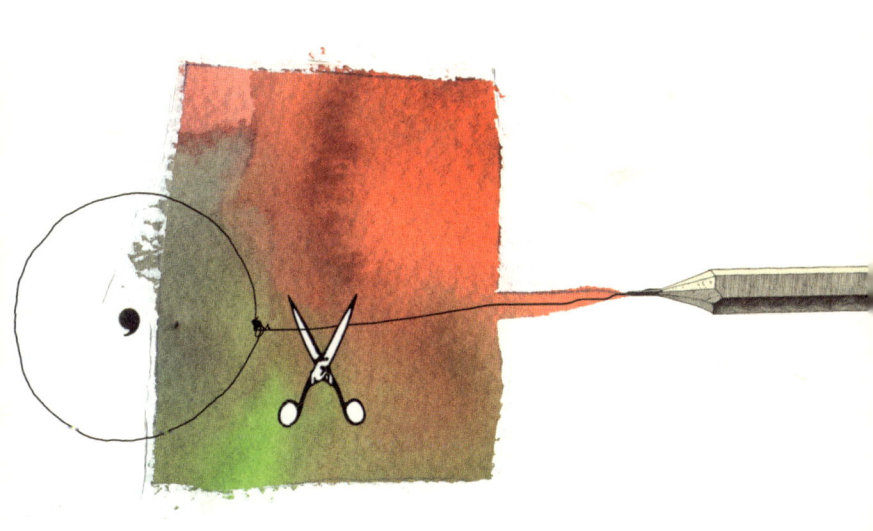

En el vagón de cola

CON *ESE* sisea la serpiente.
Con *ese* susurra el siroco.
Con *ese* se hace el silencio.
        Shhh...

HOY ya
se me acabaron
　　　las hojas
　　　　　para pensar.

Índice

DESDE LA LOCOMOTORA
La noche es un tren 11

EN EL PRIMER VAGÓN
Cuando duermo 15
Los carrizos 16
El mar 19
A la deriva 20

EN EL SEGUNDO VAGÓN
A veces 25
La sandía 26
El equipaje 28
El algodón 30
El cedazo 32

EN EL TERCER VAGÓN
Como todo el día 37
Equilibrio 38
Fácil 40
Hazaña 42
Idéntico 44
Enigma 46

Fragmento 48
Si reflexionas 50

EN EL CUARTO VAGÓN
De todo lo que sueño 55
Un cadáver 56
El que ya escribe 58
Tuve un sueño muy cortito 60
La boa 62
El insecto era tan feo 64
Un pulpo 66
Errante 68
La albahaca 70

EN EL QUINTO VAGÓN
Cuando me acuesto 75
La magia 76
Con las gafas 78
La puerta 80
La ventana 82
El ordenador 84
El cuaderno 86
El lápiz 88

EN EL SEXTO VAGÓN
El alfabeto 93
El agua 94
Un señor 96
Si estás desconcertado 98
Algunas personas 100
La tristeza 102

EN EL VAGÓN DE COLA
Con ese 107
Hoy 108

Escribieron y dibujaron…

Alejandro Sandoval Ávila

—*Usted se inició como autor para adultos, ¿cuando empezó su interés por la literatura infantil y juvenil?*

—Por la literatura escrita (y subrayo lo de escrita) para niños, mi interés surgió cuando intenté transcribir las historias que me contaba mi abuela. Pero era una literatura oral que se apoya en las inflexiones de la voz, en los gestos... Fueron intentos absolutamente fallidos. Finalmente, en la escritura para niños coincidieron tres factores: la niñez de mis hijas, el material que encontré (o que me encontró) y que solo podían ser escritas para un público infantil, y la presencia de la poeta Marianne Toussaint, mi compañera, que es quien me ha orientado, en mucho, en todo lo que he escrito desde hace ya casi 25 años.

—*¿Qué es lo que más le interesa de esta literatura?*

—La posibilidad de enfrentarte a un público sumamente exigente y también muy generoso. Si algo no le gusta, pues lo hace a un lado y ya. Pero si lo logras, el público infantil se interesa por ti de manera fresca y alegre. Mi intención es escribir cosas que puedan contribuir (así me gusta imaginarlo) a humanizar un poco el entorno de los niños y de los padres.

—*Es habitual que el escritor no vea las ilustraciones hasta la publicación del libro. Como receptor especial, ¿qué le han parecido?*

—Es usual en la literatura para niños. No sé si habrá algún autor a quien le pregunten acerca del ilustrador con el que le gustaría trabajar. Salvo una excepción, en los seis libros que he publicado no ha sido mi caso. He confiado (y creo que lo seguiré haciendo) en el criterio del editor para elegir al ilustrador, ya que texto e ilustración deben complementarse para darle una imagen integral al lector. En el caso de *La noche es un tren* las ilustraciones, como obra, me han encantado. Si tuviera algún original lo enmarcaría y lo colgaría en la sala de la casa o en mi estudio.

Cristina Müller

—*¿Cómo empezó a ilustrar libros infantiles?*
—Leyendo mis cuentos favoritos. Es que cuando un cuento resuena adentro, uno no para de imaginar voces, formas, colores. Los miraba y leía, una y otra vez, hasta que un día en el periódico vi un anuncio: buscaban ilustradores. Visité la editorial con mi carpeta de dibujos y conocí a Lucas, un buen amigo, actualmente. Ese día me dieron un cuento que no tenía imágenes, un manuscrito, para hacer una prueba... El libro tardó mucho tiempo en ser realidad, pero se hizo.

—*¿Qué le gusta más de su trabajo?*
—Jugar. Cuando uno crece, se olvida de lo importante que es jugar, pero ilustrando, no se puede. Es muy importante jugar para crear una imagen, jugar con los colores, jugar con el espacio. ¿En qué se puede convertir una mancha? Como ver formas en las nubes. Me encanta.

—¿*Cómo ha sido el proceso de creación de las ilustraciones para* La noche es un tren?

—Leí una primera vez los versos y sonreí. Después los leí muchas veces, y comencé a recopilar materiales para hacer un collage: fotos, recortes, grabados, dibujos, manchas de acuarela, de tinta, líneas, tramas, texturas, etc. La materia prima es muy importante. Luego, a relacionar una cosa con otra. Entre una palabra y una imagen siempre se forma una idea, entre una imagen y otra, también. Por ejemplo: la palabra equipaje y la imagen de una bici, allí hay una relación que dice cosas dentro de nuestra cabeza, también pasa con la palabra sandía y la imagen de un paraguas. Solo una línea debajo, encima o cerca de una ballena, cambia su ubicación. Así se encuentran conexiones mágicas, y se crea un nuevo significado. El significado de quien lee.